PUBLICATIONS DE LA RÉUNION DES OFFICIERS

MÉLANGES MILITAIRES
XXXV.

L'ARMÉE PRUSSIENNE

EN ALSACE

PENDANT L'HIVER DERNIER

NOTES RECUEILLIES

PAR

C. SANDHERR

Lieutenant de chasseurs à pied.

PARIS

CH. TANERA, ÉDITEUR

LIBRAIRIE POUR L'ART MILITAIRE ET LES SCIENCES

Rue de Savoie, 6

—

1872

L'ARMÉE PRUSSIENNE

EN ALSACE

PENDANT L'HIVER DERNIER

PUBLICATIONS DE LA RÉUNION DES OFFICIERS

6'1 — Paris, Imp. H. Carion, rue Bonaparte, 61.

L'ARMÉE PRUSSIENNE

EN ALSACE

PENDANT L'HIVER DERNIER

NOTES RECUEILLIES

PAR

G. SANDHERR

Lieutenant de chasseurs à pied.

PARIS

CH. TANERA, ÉDITEUR

LIBRAIRIE POUR L'ART MILITAIRE ET LES SCIENCES

Rue de Savoie, 6

1872

AVANT-PROPOS

Voici quelques notes sommaires que ma présence en Alsace, pendant un mois, m'a permis de recueillir principalement en ce qui concerne diverses pièces de l'équipement réglementaire du soldat et l'emploi du temps dans l'infanterie prussienne.

Malheureusement, il ne m'a pas été possible d'étudier de bien près et dans tous leurs détails, ces deux questions qui ne manquent pas aujourd'hui d'un certain intérêt.

Des considérations particulières, des difficultés sérieuses, tenant à la situation actuelle des provinces annexées, m'ont empêché d'obtenir des renseignements plus précis. Aussi ces notes ne sont-elles que le résultat d'observations faites à la hâte ou de conversations avec des soldats logés chez l'habitant. — C'est à ce titre seulement que je les livre aux réflexions du lecteur, si toutefois elles méritent de fixer son attention.

Mai 1872.

L'ARMÉE PRUSSIENNE

EN ALSACE

PENDANT L'HIVER DERNIER

EQUIPEMENT.

1. *Chaussure.* — Tous les hommes avec lesquels j'ai eu occasion de m'entretenir sont unanimes à vanter la commodité de la botte, son excellent usage pendant la guerre, à proclamer sa supériorité sur le soulier. La tige monte à mi-jambe, on y rentre le pantalon par le mauvais temps. Le talon est armé d'une sorte de fer à cheval ayant une épaisseur d'un demi-centimètre environ (afin d'en prévenir l'usure).

Chaque soldat prussien lors de son entrée en campagne (1870) était muni de deux paires de bottes, dont l'une dans le sac.

Au bout de quelques mois, elles furent échangées contre deux paires entièrement neuves. — Leur forme n'est pas très-élégante, il est vrai, elles alourdissent beaucoup la démarche, mais au point de vue pratique, elles sont très-avantageuses. Le soldat peut y introduire une forte semelle de feutre et y chausser facilement son pied garni, non-seulement d'un bas, mais encore d'un chausson de laine. Au début de la guerre, tout soldat allemand avait deux paires de bas de laine ; à l'approche de la mauvaise saison, on lui donna une paire de semelles en feutre, à l'époque des grands froids, on y ajouta une paire de chaussons. Grâce à la distribution progressive de ces divers objets si nécessaires dans une campagne d'hiver, on n'eut à constater dans l'armée prussienne qu'un fort petit nombre de cas de congélation des pieds.

En somme, tous sont d'avis que la botte est préférable à la guêtre et cela surtout parce que la jambe est moins serrée, que la botte s'entretient plus facilement ; enfin qu'elle se chausse beaucoup plus vite. En ayant soin, d'ailleurs, de graisser convenablement les coutures, l'imperméabilité est rendue parfaite.

Un soulier à talon ferré, plus montant que le nôtre, avec guêtre en cuir souple fermant au moyen de quatre ou cinq boucles pourrait offrir les mêmes avantages et vaudrait peut-être mieux pour le soldat français qui n'est pas habitué comme l'Allemand, à porter la botte dès son enfance.

2. *Moufles.* — Autre objet très-pratique faisant partie de l'équipement de l'infanterie : je veux parler des moufles, gants de laine noires doublés de flanelle. En hiver, ils ne quittent jamais le soldat. Pendant les exercices, on les suspend à la poignée du sabre. Le moufle droit est pourvu, en outre du pouce, d'un premier doigt pour le tir. Les sous-officiers seuls portent des gants de peau blanche.

3. *Quelques accessoires du fusil à aiguille.* — Les soins apportés dans l'entretien de l'arme sont vraiment remarquables. Tous les fusils que j'ai eus entre les mains étaient admirables de propreté. Trois objets, bien qu'accessoires ont attiré mon attention : le bouchon du fusil et deux petites gaînes

en cuir destinées à recouvrir la hausse et le guidon. Le bouchon consiste en une forte lame de cuivre en forme d'étui; il s'adapte à la bouche du canon comme un couvercle à une boîte. Il est maintenu solidement en place par la tête de la baguette qui vient s'appuyer sur un appendice qui fait corps avec lui et donne passage à la tige de la baguette.

Un bouchon à peu près semblable remplacerait avec avantage le nôtre qui ne présente aucune solidité, est beaucoup trop sujet à se perdre, et de plus, ne ferme pas hermétiquement la bouche du canon. Chez nos adversaires, il constitue pour ainsi dire une des pièces du fusil; il ne s'enlève que dans le cas où la troupe peut être appelée à faire usage de ses armes. Il en est de même des deux gaînes en cuir qui ont pour but de préserver la hausse et le guidon des chocs ou de toute autre influence extérieure. Ces précautions, ces soins délicats, prouvent assez combien, dans l'armée allemande, on attache d'importance à la *précision du tir*.

4. *Hâvre-sac. Cartouchières. Gamelles.* — Le soldat d'infanterie a toujours ses deux gibernes contenant deux paquets de dix *cartouches*; de plus il *en* loge vingt à droite et vingt à gauche du sac dans un étui en ferblanc contenu dans une poche bouclée. De cette façon, le voisin peut en sortir les munitions sans que son camarade ait besoin de déposer son sac. Cela vaut incontestablement mieux que notre *compartiment spécial*. Le hâvre-sac prussien est de plus grande dimension que le nôtre; il est vrai qu'à part la gamelle tous les effets doivent être placés à l'intérieur. La capote roulée se porte en bandoulière. En temps de paix les gamelles sont déposées au magasin du régiment.

II

EMPLOI DU TEMPS.

1. *Généralités*. — A Metz, à Belfort, à Mulhouse, à Colmar, partout, quelque temps qu'il fasse, les troupes d'infanterie sont exercées pendant cinq heures au moins tous les jours : le matin entre 7 et 11 h., le soir entre 1 h. et 5 h. et cela, il est bon de le répéter, malgré la pluie, la neige, le vent, la boue. Les maladroits sont exercés plus fréquemment encore. Les compagnies sont conduites isolément sur le terrain sans tambour ni clairon.

Le chef de compagnie jouit de toute initiative, c'est lui qui fixe l'heure et l'objet de la manœuvre tout en se conformant bien entendu, à certaines prescriptions relatives à l'uniformité qui doit présider à tous les services. Un officier et un certain nombre de sous-officiers marchent avec la troupe ; les autres officiers de la compagnie se rendent isolément sur le terrain. Les exercices sont extrêmement variés. Ainsi, j'ai remarqué que dans la séance du matin qui dure ordinairement trois heures, non compris l'aller et le retour, les écoles du soldat et de peloton, alternaient avec l'instruction sur le tir, les tirailleurs et le service en campagne.

L'après-midi est plus généralement consacrée au gymnase et à l'escrime à la baïonnette. Les tirailleurs et les applications du service en campagne se font dans toute espèce de terrain. Pour les exécuter sans causer trop de dommage aux propriétés, on met surtout la saison d'hiver à profit.

L'instruction est faite avec un soin qui dépasse tout ce que l'imagination peut se représenter ; les officiers et sous-officiers déploient une activité remarquable; tous font preuve d'un *fanatisme* digne d'éloges. On voit au premier abord que chacun, depuis le chef jusqu'au dernier soldat, est profondément pénétré du sentiment du devoir et sait se rompre sans broncher aux exigences les plus impérieuses de la discipline.

Par cela même que les exercices sont très-variés, les repos sont très-peu fréquents; les *classes* sont toujours en action. Bon exemple à suivre !... L'inattention ou la mollesse, la négligence et le laisser-aller sont inconnus; le sérieux préside à toutes les occupations militaires; la moindre maladresse, le moindre retard dans l'exécution d'un commandement sont appointés d'exercices supplémentaires.

Je passe à quelques remarques sur les diverses branches de l'instruction.

2. *École du soldat.* — Les classes d'instruction se composent de huit à dix hommes et sont commandées chacune par un sous-officier ayant sous ses ordres un *gefreile* (exempt) ou même un ancien soldat. Avant de faire passer les hommes de recrue à ces classes, on leur fait exécuter divers exercices d'assouplissement d'abord en décomposant, en tous cas trèsconsciencieusement.

Les mouvements du maniement des armes sont d'une simplicité extrême et au nombre de quatre seulement, non compris la charge, bien entendu (*portez vos armes, présentez vos armes, reposez-vous sur vos armes et l'arme sur l'épaule gauche*). Ils sont exécutés avec une régularité parfaite, un ensemble prodigieux. L'instructeur les fait recommencer invariablement jusqu'à dix fois, s'il le faut, quand il aperçoit la plus légère imperfection. Aucun détail ne lui échappe, ses explications sont nettes et précises; on voit qu'il connaît admirablement son affaire. Les officiers surveillent tout avec la plus grande attention, la plus grande sollicitude, s'il est permis de s'exprimer ainsi ; ils s'assurent de l'exactitude des mouvements et spécialement en ce qui concerne la charge et le mouvement de joue.

La marche est bien cadencée mais le corps est trop roide ; les conversions, mouvements de flanc, etc., s'exécutent avec la même précision que le maniement des armes. — On exerce beaucoup les hommes à marcher au pas de charge (130 *au moins* la minute) au pas gymnastique et au pas de course, et toujours en ordre et sans bruit.

3. *Instruction sur le tir.* — L'instruction sur le tir est soignée dans l'armée prussienne d'une manière toute particulière, aussi les résultats en sont-ils beaucoup plus remarquables que dans les autres armées européennes. L'homme de recrue avant de placer le doigt sur la détente, est contrôlé et rectifié dans sa position par son sous-officier, son officier et par le capitaine, qui assiste presque toujours aux exercices préparatoires de tir de sa compagnie. — Tous les matins, les cibles et chevalets (1) d'exercice sont transportés sur le terrain de manœuvres par les soins des compagnies. — Chaque classe passe à son tour devant la cible et les hommes prennent successivement la position du tireur, debout, à genoux, couché. — On leur fait brûler fréquemment des cartouches à blanc. — Quant au tir à la cible, il comprend un nombre de séances beaucoup plus considérable que chez nous. Les soldats sont exercés au tir sur des cibles de diverses dimensions, fixes ou

(1) Les chevalets consistent tout simplement en un poteau supporté par trois pieds ; le soldat, en pointant, appuie sa main gauche sur la paroi du poteau, comme il le ferait sur l'écorce d'un tronc d'arbre. — Un petit appareil en forme d'alidade, s'adaptant au fusil au moyen de vis, permet à l'instructeur de constater si le tireur maintient la ligne de mire sur le but pendant le pointage et après que le coup est parti.

mobiles. — Ils brûlent 150 cartouches par an. — Les chasseurs à pied, qui, dans l'armée prussienne, constituent un corps d'élite dans toute la force du terme, en brûlent 250 ou 300. — *Nous sommes terriblement au-dessous de ces chiffres !!*

4. *Tirailleurs.* — Une heure environ est consacrée presque tous les jours à l'école des tirailleurs. — Tous les déploiements, ralliements ou rassemblements se font au pas gymnastique avec un ordre, un ensemble parfait et dans le plus profond silence. Jamais je n'ai remarqué l'ombre d'une erreur. — Chacun connaît sa place et sait tirer parti de la conformation du terrain. — On conduit souvent les compagnies sur les bords d'un cours d'eau, dans les bois, les prés, etc., pour l'exécution de cette école. — Les sous-officiers m'ont tous semblé en état de la commander.

5. *Service en campagne.* — Les opérations les plus élémentaires du service en campagne sont pratiquées par peloton (1/2 compagnie), celles d'une importance moyenne par compagnie, enfin celles de plus grande importance par bataillon ou régiment. J'ai suivi dans les bois et à une certaine distance quelques-unes de ces petites opérations par peloton. L'officier, après avoir donné quelques explications préalables, prescrivant à chacun son rôle et sa place, faisait prendre toutes les dispositions conformes au règlement sur le service en campagne. Pour le placement d'une grand'garde, par exemple, il établissait ses petits postes, ses sentinelles doubles, faisait circuler ses patrouilles, etc., etc. ; puis, supposant successivement tous les cas prévus par le règlement, il exposait à sa troupe les moyens de parer aux diverses éventualités. Les explications étaient aussitôt mises en pratique. Toutes les applications étaient exécutées avec calme et

solidité. Quand un mouvement était mal compris, il était immédiatement recommencé. Les exercices de cette nature m'ont permis de constater, tant de la part du soldat que de celle du sous-officier, une intelligence peu ordinaire du métier ou tout au moins une connaissance parfaite du service.

6. *Tenue pour les exercices de détail.* — Les hommes dans le rang sont en tunique et casque, sans sac; les instructeurs, officiers et sous-officiers, en capote (pour l'hiver) casquette et sabre.

7. *Exercices gymnastiques.* — Les exercices gymnastiques tiennent une grande place aussi dans l'instruction militaire du fantassin. Tous les matins on lui fait répéter rapidement quelques mouvements élémentaires; dans l'après-midi, une heure entière est consacrée tant à ces mouvements qu'aux instruments du gymnase. Voici une preuve de l'importance qu'on attache en Allemagne à cette branche de l'instruction : à Mulhouse, l'ancienne caserne d'infanterie s'étant trouvée insuffisante pour le logement de la garnison actuelle, la ville s'est vue dans l'obligation de louer un groupe de maisons particulières pouvant contenir ensemble environ 300 hommes. A peine les Prussiens en eurent-ils pris possession qu'ils s'empressèrent d'y établir un gymnase (portique, perches, échelle, cordes lisses, barres fixes, barres parallèles, poutre branlante.... talus, monticules, fossés, etc., etc.)

8. *Escrime à la baïonnette.* — L'escrime à la baïonnette marche de pair avec le gymnase ; on y consacre tous les jours un certain temps. Les hommes se servent pour cet exercice de fusils de bois armés d'une baïonnette en fer, munie elle-même d'un gros tampon d'étoffe. Ils sont placés

deux à deux, face à face, comme chez nous pour l'escrime à l'épée.

9. *Marches militaires.* — Peu de marches militaires. Chaque fois qu'elles ont lieu, les troupes prennent les mesures de précaution indiquées par le service en campagne. On ne craint pas de s'engager dans les sentiers, les prés, bois, vallons, etc., etc. Ce sont en quelque sorte des théories pratiques, des études de terrain. Leur durée est de quatre à cinq heures environ ; dans la belle saison elles sont très-fréquentes. Toute la troupe porte le sac.

10. *Appels et inspections.* — L'appel se fait, en Alsace du moins, vers une heure. Les hommes présentent tous les jours leurs armes à leurs sous-officiers. En outre, ils apportent à l'appel et tour à tour, leurs effets d'habillement, d'équipement, de linge et chaussure, suivant les ordres du capitaine. L'officier de semaine, secondé par les sous-officiers, passe une revue minutieuse de tous ces objets.

11. *Parades.* — Les gardes défilent tous les jours, à midi, au commandement d'un officier désigné à cet effet. Tous les samedis, à la même heure, grande parade sur une des places publiques. Tous les officiers et assimilés y assistent en grande tenue. L'officier général ou supérieur le plus élevé en grade, dans la garnison, préside la *cérémonie*. Les chefs de corps lui présentent leurs nouveaux officiers, puis on forme le cercle ; le général fait ses recommandations, donne ses instructions, s'il y a lieu.

12. *Alarme.* — Les commandants de place font quelquefois sonner l'alarme pour l'instruction des troupes. On voit alors les compagnies se rassembler avec armes et bagages, et cela avec une rapidité merveilleuse. Les compagnies sont con-

duites au rendez-vous du bataillon, les bataillons à celui du régiment. Le colonel fait prendre les ordres de la place. . . . .

Voilà ce que tout le monde peut voir en Alsace.

13. *Quelques mots sur la discipline.* — Ce qui m'a frappé le plus, ce qui du reste attire l'attention de toutes les personnes que ces questions intéressent, c'est la discipline sans égale du soldat prussien. — Les soldats témoignent de la déférence, du respect aux sous-officiers, et les uns et les autres se tiennent admirablement vis-à-vis de leurs officiers, et, à notre avis, ce serait se tromper que d'attribuer uniquement cette bonne tenue à la sévérité des règlements militaires et à la terreur inspirée à l'inférieur. J'ai eu l'occasion de remarquer que les chefs ne craignent pas de se livrer, dans leurs rapports avec les soldats, à une certaine familiarité toute bienveillante ; mais la supériorité des uns sur les autres est telle, qu'il ne saurait y avoir abus. Le service se fait avec une grande ponctualité ; la plus petite faute est relevée vivement, mais les hommes sont, on le voit, animés du désir de servir exactement. Ils accomplissent d'une manière sérieuse les actes les plus simples, et depuis le chef de compagnie jusqu'au dernier soldat, tout le monde paraît déployer le même zèle, la même activité.

On ne rencontre que très-rarement des soldats ivres. On n'en voit guère de bruyants ou de négligés en quoi que ce soit. — Les officiers ne sortent de chez eux qu'en tenue du jour, *toujours irréprochables dans leur mise.* — Ils passent pour instruits et bien élevés.

LECOMTE. — Études d'histoire militaire, antiquite et moyen âge. 1 vol. in-8° . . . . 5 fr.

LECOMTE. — Études d'histoire militaire, temps modernes jusqu'à la fin du règne de Louis XIV. 1 vol. in-8°. . . . . . . 5 fr.

LECOMTE. — Guerre de la Prusse et de l'Italie contre l'Autriche et la Confédération germanique en 1866; relation historique et critique. 2 vol. grand in-8° avec cartes et plans. . 20 fr.

LECOMTE. — Guerre de la sécession; Esquisse des événements militaires et politiques des États-Unis, de 1861 à 1865. 3 vol. grand in-8° avec cartes. . . . . 15 fr.

LECOMTE. — Le général Jomini, sa vie et ses écrits. Esquisse biographique et stratégique. 1 vol. in-8° avec carte. 7 fr. 50

LIBIOULLE. — Le revolver Galand, nouveau système à percussion centrale et extracteur automatique. Br. in-8° avec fig. 1 fr.

LULLIER. — La vérité sur la campagne de Bohême en 1866, ou les quatre grandes fautes militaires des Prussiens. Br. in-8°. 1 fr.

MANGEOT. — Traité du fusil de chasse et des armes de précision, nouvelle édition. 1 vol. in-8° avec figures dans le texte. et planches . . . . 5 fr.

MARNIER. — Souvenirs de guerre en temps de paix : 1793, 1806, 1823, 1862, récits historiques et anecdotiques extraits de ses Mémoires inédits. 1 vol. in-8°. . . . . 3 fr.

MOSCHELL. — De l'effet du tir à la guerre et de ses causes perturbatrices. Br. in-8°. . . . . 1 fr.

ODIARDI. — Des nouvelles armes à feu portatives adoptées ou à l'étude dans l'armée italienne. Br. in-8° avec planche. . 2 fr.

ODIARDI. — Des balles explosibles et incendiaires. Br. in-8° avec planche . . . . 2 fr.

PIRON. — Manuel théorique du mineur; nouvelle théorie des mines, précédée d'un exposé critique de la méthode en usage pour calculer la charge et les effets des fourneaux, et d'une étude sur la poudre de guerre. 1 vol. grand in-8° avec pl. 12 fr.

PIRON. — Essai sur la défense des eaux et sur la construction des barrages. 1 vol. grand in-8° avec planches. . . . 6 fr.

PLOENNIES (DE). — Le fusil à aiguille, notes et observations critiques sur l'arme à feu se chargeant par la culasse, traduit de l'allemand par E. Heydt. Br. in-8° avec planche. . . . 3 fr.

QUESTIONS de stratégie et d'organisation militaire relative aux événements de la guerre de Bohême, par un officier général (Jomini). Br. in-8°. . . . . 1 fr.

SCHMIDT. — Le développement des armes à feu et autres engins de guerre, depuis l'invention de la poudre à tirer jusqu'aux temps modernes. 1 vol. in-8°, avec 107 planches. . . 10 fr.

SCHOTT. — Des forts détachés, traduit de l'allemand par Bacharach. Br. in-8° avec planche . . . . 2 fr.

SCHULTZE. — La nouvelle poudre à canon, dite poudre Schultze, et ses avantages sur la poudre à canon ordinaire et autres produits analogues. Traduit de l'allemand par W. Reymond. Brochure in-8°. . . . . 2 fr.

TACKELS. — Étude sur le pistolet au point de vue de l'armement des officiers. Br. in-8° avec figures . . . . 1 fr. 50

TACKELS. — Conférences sur le tir, et projets divers relatifs au nouvel armement. 1 vol. in-8° avec planches . . . 5 fr.

TACKELS. — Étude sur les armes à feu portatives, les projectiles et les armes se chargeant par la culasse. 1 vol. in-8° avec pl. 6 fr.

TACKELS. — Les fusils Chassepot et Albini, adoptés respectivement en France et en Belgique. Br. in-8° avec planches. 2 fr.

TACKELS. — Armes de guerre; Étude pratique sur les armes se chargeant par la culasse; les mitrailleuses et leurs munitions; le canon Montigny-Eberhaerd; le fusil Montigny; les fusils Charrin, Remington, Jenks, Cochran, Howard, Peabody, Dreyse, Chassepot, Snider, Terssen, Albini; les cartouches périphériques, etc., etc. 1 vol. in-8° avec planches. . . . . . . 8 fr.

TACKELS. — La carabine Tackels-Gerard, nouveau système de culasse mobile, dite à bloc, à percussion centrale pour armes de guerre. Br. in-8° . . . . 50 c.

TACKELS. — Le nouvel armement de la cavalerie depuis l'adoption de l'arme se chargeant par la culasse. 1 vol. in-8°, avec planches. 5 fr.

UNGER. — Histoire critique des exploits et vicissitudes de la cavalerie pendant les guerres de la Révolution et de l'Empire jusqu'à l'armistice du 4 juin 1813, d'après l'allemand. 2 volumes in-8° . . . . 12 fr.

VANDEVELDE. — La tactique appliquée au terrain. 1 vol. in-8° avec atlas . . . . 7 fr. 50

VANDEVELDE. — Manuel de reconnaissances, d'art et de sciences militaires, ou Aide-mémoire pour servir à l'officier en campagne. 1 vol. in-18 avec planches . . . . 5 fr.

VANDEVELDE. — Précis historique et critique de la campagne d'Italie en 1859. 1 vol. in-8° avec cartes et plans. . . 12 fr.

VANDEVELDE. — La guerre de 1866 en Allemagne et en Italie. 1 vol. in-8° avec cartes . . . . 6 fr.

VANDEVELDE. — Commentaire sur la tactique à propos du *Mémoire militaire* par le prince Frédéric-Charles de Prusse. Br. in-8°. . . . . 2 fr.

VARNHAGEN VON ENSE. — Vie de Seydlitz, traduit de l'allemand par Savin de Larclause. 1 vol. in-8° avec portrait et plans.   5 fr.

VERTRAY. — Album de l'expédition française en Italie en 1849, contenant 14 dessins, 4 cartes topographiques indiquant les opérations militaires, avec un texte explicatif. 1 vol. grand in-folio. . . . . 10 fr.

WAUWERMANS. — Mines militaires. Études sur la science du mineur et les effets dynamiques de la poudre (application de la thermodynamique). 1 vol. in-8° avec planches . . . 7 fr. 50

WAUWERMANS. — Applications nouvelles de la science et de l'industrie à l'art de la guerre. — Télégraphie militaire. — Aérostation. — Éclairage de guerre. — Inflammation des mines. 1 vol. in-8° avec figures. . . . . 4 fr.

NOUVELLES PUBLICATIONS

BAYLE. — L'électricité appliquée à l'art de la guerre. Br. grand in-8° avec planches. . . . . 3 fr.

BODY. — Aide-Mémoire portatif de campagne pour l'emploi des chemins de fer en temps de guerre, d'après les derniers événements et les documents les plus récents. 1 vol. in-18 avec planches . . . . 4 fr.

FIX. — Guide de l'officier et du sous-officier aux avant-postes, d'après les meilleurs auteurs. 1 vol. in-18 . . . . . 2 fr 50

ODIARDI. — Les armes à feu portatives rayées de petit calibre. 1 vol. in-8° avec planches . . . . 3 fr.

PEIN. — Lettres familières sur l'Algérie, un petit royaume arabe. 1 vol. in-12. . . . . 3 fr.

POULAIN. — Lettres sur l'artillerie moderne, canon de 7 et gargousse obturatrice, le bronze et l'acier, mitrailleuse française. Br. in-8° . . . . 1 fr.

SUZANNE. — Des causes de nos désastres ; la proscription des armes et le monopole de l'artillerie. Br. grand in-8. . 2 fr.

Paris, Imp. H. Carion, rue Bonaparte, 64.

PUBLICATIONS DE LA RÉUNION DES OFFICIERS